BB
BB

單身不再心慌慌

森下惠美子◎圖・文
陳怡君◎譯

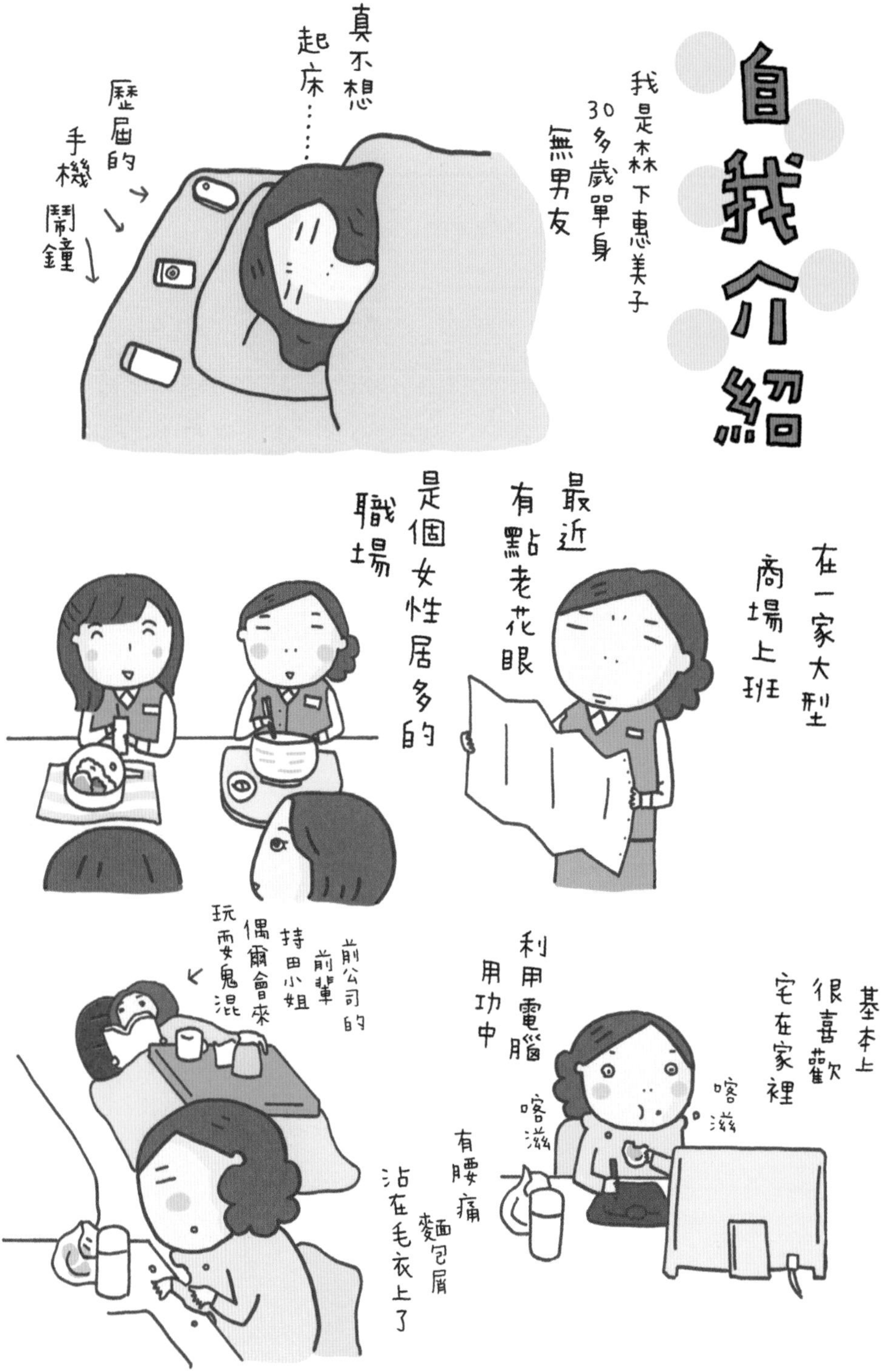
自我介紹
我是森下惠美子
30多歲單身
無男友
真不想起床……
歷屆的手機鬧鐘
在一家大型商場上班
最近有點老花眼
是個女性居多的職場
基本上很喜歡宅在家裡
利用電腦用功中
喀滋
喀滋
有腰痛
麵包屑沾在毛衣上了
前公司的前輩
持田小姐
偶爾會來玩耍鬼混

住在
一房一廳附廚房的大樓裡
房租5萬5千日圓
是帥氣的仲介大哥推薦的房子
書桌靠東邊
枕頭朝北
西邊放黃色的東西
亮晶晶
代替貓咪的抱枕
東西多到
不知該怎麼辦才好
的房間……
請大家
多多指教囉。

第1章

大人的步伐

星期天

今天早早就能下班
找個地方晃一晃再回家吧—
呼
對了，去看看電腦吧……
啊
啪沙喀啦
大失誤！
好多人喔～
對了，今天是星期天啦
仔細一看
到處都是雙雙對對或是全家出動—
難道星期天
幾乎沒有女生會單獨一人
來家電量販店買東西嗎？
驚

最近太經常一個人出門
都忘了這回事
因為我通常都是排平常日休假
關於家電產品感覺還是男生比較懂……
說明就交給爸爸吧
要買的話我推薦這個品牌的
可是已經有男友也很了解家電～
本身就已經很懂的人
應該也會自己來買吧
舉例來說好了已經結婚的人老公如果星期六日要工作
但自己今天卻很想做些糕點
這樣的人就算沒人陪也會一個人來買吧
所以囉星期天一個女生單獨
來家電量販店買東西
不見得就是單身無男友啦—
對吧—
比起剛邁入30歲的時候
更能夠心平氣和看待這種事了
自我意識過剩
呵呵呵

睡眠

啊
竟……竟然睡成這樣……
鬧鐘被關掉了
最近我把睡了十幾年的床墊換新了
破破
爛爛
這張新床墊睡起來超舒服
床墊也是有在進步呢
比較困擾的是這樣就沒辦法工作
如果只想睡個2小時
完全沒自信可以從那張床上爬起來……

所以乾脆躺在廚房的地板上睡
我這個人好像哪裡都能睡得很熟啊……
只想睡3小時的話
躺在地毯上睡
呼
只想睡2小時的話
躺在地板上睡
呼嚕—
只想睡1小時的話
趴在桌上睡
呼
明明買了一張超舒適的床墊
工作做完就能安心躺上去呼呼大睡
但我隨處都能睡的技術卻似乎更加出神入化了
躺在椅子上睡
呼嚕—

美容

高溫反覆浴
汗流
淋漓
雙下巴伸展操
呼——嗯
洗完澡後做骨盆操
美白面膜
貼
淋巴按摩
捏
捏
像這樣每天都按時做的話效果應該會更好吧～
只是每個月頂多只能有2～3天能夠按時做啊
太……太麻煩了……

……
取下
……
總覺得……
敷著面膜的臉
看起來比素顏
更年輕……？
（以個人的臉
來比較）
可能是因為面膜
把黑斑皺紋下垂之類的
通通都遮住的關係吧!?
恍然大悟
今後盡量
每天都
這麼做吧

印象

啊
是大西先生～
我上班的地方常有各種業者出入
平常讓妳多照顧了
但聊天的機會卻很少
不過只要進入吸菸區聊天的機會自然就多了
真想走過去那邊
心臟噗噗跳
但問題不只是「我不抽菸」
嘿咻
那麼簡單
而是大西先生或許是那種「不喜歡會抽菸的女人」的人呀
或者是「不在乎女生是否會抽菸，但自己的女友就不行」
但我並沒有想當他的女友喔
吸菸區
聊天
風險
留下會抽菸的印象

如果只是單純走過去聊天呢
可是
我如果抽菸
感覺煙會從鼻孔冒出來……
看起來應該很像個老菸槍吧
呼—
我覺得好看的抽菸形象嘛——
例如工作幹練的女性
我有在減少抽的菸量啦
相對的，清純派的人抽菸
一天就只抽一根唷
呵呵呵
反而會留下強烈的印象
我也要朝這種形象努力……
只是……那樣的女性應該可以毫不猶豫就走過去聊天了吧……
呵呵呵……

昂貴的乳霜

有人送給我高級的乳霜
15,000日圓
CREAM
CREAM
SUBE SUBE
我可以用這種東西嗎？
緊張
興奮
曾經買過各種美容工具的我
使用這種高級的乳霜卻格外小心翼翼
因為如果好用的話
就會覺得其他乳霜不夠好而不用了
CREAM
而且這張臉皮如果習慣了這種乳霜
40歲單身
18,000日圓
40多歲單身
20,000日圓？
日後如果不是搽高價的乳霜就會覺得沒效果了
我有那種財力
長期負擔這種貴得要命的乳霜嗎……
（沒自信）

為了我的肌膚著想，還是別讓它嘗試這種太好的東西吧……
現在用起來還可以的乳霜
4,500日圓
15,000日圓
心裡雖然這樣想
抓
CREA
管他的！先用用看再說的欲望還是戰勝了一切
當然要這樣囉
呵呵呵
塗塗
開心
CREA
就算未來買不起高價乳霜
這也可以是個美好的回憶呀
想起當初這瓶乳霜真是好用啊……
CREA
隔天早上
……
不知道是幸還是不幸，效果普普……
還……還不錯啦
感覺化妝後比較不容易脫妝
要價15000日圓的自我安慰

腰痛

東京—品川車站
很開心的一次採訪～
最後一班新幹線—
啊—明天要上班～
嘿……
咻
!!
啪嚓
現……現在腰部出現要命的疼痛感……
哇啊
怎麼辦？如果站不起來新幹線來的時候來不及上車的話……!!
最後一班……
今天就回不了家
那就得在東京住一晚……
隔天公司也得請假
既然來了乾脆輕輕鬆鬆地待在東京觀光買東西吧
啊或者在旅館悠哉地度過一天也不錯～
興致
勃勃

結果順利搭上車了
……
座位是……
唉—明天真不想去上班—
嘿……
!!
咻
啪嚓—
那種要命的疼痛感又……
怎麼辦？萬一到了要下車的站卻站不起來的話……!!
下一站是
名古屋？
新大阪？
博多？
驚
那就吃味噌豬排？
大阪燒？
博多拉麵？
興致
勃勃
結果順利下車了
……
唉—明天真不想去上班……
唉……

法會

今天是祖母逝世一週年忌日
鄉下地方的法會相當忙亂
嗯——
媽媽要去拿還禮用的點心
妳幫我端茶給大家喝
還有哇要準備去掃墓拜拜用的香
冷靜點別慌張
在《我的單身不命苦③》中提過的法會，如今已經過了3～4年
兄弟姊妹、堂兄弟們
有的換了工作
有的升職
有的結婚
有的生了小孩
各種狀況都有
有些人因為住得很遠或者因為太忙所以這次就沒有回來了
大家都長大了呀
感觸良多
（堂兄弟的年紀都比我小）
大家都有默契的絕口不提
沒有什麼改變的女人

反正我也想
趁著還沒嫁人之前
能多做點什麼
就多做一些
應該拿得動吧
啊
您好—
早呀
嘿咻
嘿咻
小嘉穗—
妹妹夫妻
妳好呀—
妳好—
這是老爸自己決定的都沒有事先跟我說—
唉呀
算了—
嘿咻
洗
洗
洗
爺爺—
奶奶—
你們看到了嗎？
惠美子
很認真在做喔—
噹—
聽說認真供養
祖先比較容易
獲得良緣
在雜誌上看到
這段話的女子

老家

3～4年前
除了法會
覺得回老家也是一件
痛苦的事
這樣的我
唉
今年卻恰好相反
興沖沖
興沖沖
因為有了
小嘉穗的關係～
傻阿姨
唉呀，又長大啦
蛋糕
玩具
姊姊來了～
出門迎接
外甥女嘉穗
3歲
可能是因為
有人會雙眼發亮
期待著我到來
的關係吧
妳搭電車來的嗎～？
對呀～
雙親也因為
有2個小孩子
而心情愉快
小友－
妹妹
我可以吃
蛋凹(糕)嗎？
那麼～
等一下
妳還吃得
下飯嗎？

老妹也成了一個了不起的媽媽了耶——
兩個孩子都還小非常辛苦
對呀~
要一直說到嘉穗聽得懂為止~真的很有耐性呀
太厲害了
……
當媽媽真不容易呀
老媽當時可不像那孩子（妹妹）一樣有父母幫忙帶小孩 我一個人要照顧那麼小的孩子，妳老爸因為要工作，完全沒辦法幫忙
妳這孩子發高燒時，妳老爸照樣出去打高爾夫球，我只好背著妳哥哥，手上抱著妳去看病
老媽的真心話大牢騷
有……有這種往事呀~
老媽也很辛苦呢
妳才知道~
以前因為怕妳聽太多這些話會不敢結婚生小孩，所以一直忍住不說~
算是媽媽的貼心嗎？
是……是喔？之前都這麼為我著想啊……
不過，現在講這些已經沒關係了
這、這是什麼意思啊？

變化

說是法會
但是附近鄰居和親戚們齊聚一堂
惠美子也要快點結婚呀～
惠美子有沒有好消息啦？
還得聽他們講這些所以很不喜歡參加
請參考《我的單身不命苦③》
但這次法會卻沒有人提起這些事
不需要理由
侍酒師
……
妳很認真嘛—
咦？沒辦法動
正在練習使用繪圖板
也好，這樣輕鬆多了—
還是因為成了一件不能提的祕密
所以沒有人會再提這件事
一直到去年都還有人會說呢……
筆拿反了
該不會是爸媽到處去說些什麼了吧？
我看那孩子是打算一輩子抱獨身主義了
唉呀是喔
我已經失去結婚的光環了嗎……
嘿咻
今天天氣真熱呀
……

唉……
年紀……
以下省略
可是一些年紀比我大又長得漂亮的人依然是現役選手耶
好可惜喔
咦—
退休選手？
喀啦
反正不必再聽那些五四三，心裡輕鬆多了~
話雖如此，那一天還是特別認真地護膚
最近只要有人提起這件事反而會心頭一驚
有好消息嗎？
甚至會主動反問人家
妳覺得有嗎？
妳覺得呢？

鎖定家族型消費者
星期天的家電量販店
反而輕鬆多了

太可惜了，如果是來招呼我，我就買了
哼

第 2 章

某個夏日

陣陣
涼風
唔——嗯
11點囉……
呼嚕——
呆——
唔——嗯
現在幾點了……?
11點
11點啦
如何?今天要不要出去走走?
難得的休假日
說得也是~

森下，今年去過海邊之類的地方嗎？
還沒去過
那就——去看海吧？感受一下夏天的氣氛
聽起來不錯——
現在出門，1點應該就到了吧
哇喔～
今天的最高溫有34度耶……
真的假的——
懶懶
散散
中午吃什麼——？
有材料的話可以來煮點吃的
嗯唔……
都是一些差不多要過期的食材……

不然——等一下出去吃好了？
就這麼辦吧——
去附近的中國餐館吃？
沾麵還滿好吃的
喔，好哇——
這本漫畫好好笑喔
我就說吧——
啊，續集好像放在那個箱子裡
懶懶
散散
想起剛搬來這裡時
這次搬家
總覺得會帶來好運
呵呵呵
塗
塗
話雖如此

之後有任何男性走進這個房間嗎？
有送電視機來的人
還有來幫我的電腦做設定的人……
相對的呢？託搬家通知明信片之福，零零星星接到一些好久不見的友人的消息
哇—好久不見了呢
都沒變嘛～
持田就是其中之一
前公司的前輩
好久不見～
森下還是住在那裡呀～
對呀～結果
其實我後來終於離婚了—
現在住在這裡
說起來
以前住公寓時她也曾經來借住過……
我和老公相處得不是很好～
因為這樣的緣分，她又跑來找我順便來玩耍
昨晚也是
這個房間真好哪～讓人好放鬆唷
是嗎？

呵呵——森下真的好厲害
很認真地工作，還從公寓搬進了華廈，一個人過日子
我也很想搬出娘家，可是我現在既沒錢又沒工作……
別這樣說啦，我覺得結了婚，然後離婚的持田才令人欽佩……
呵呵呵……
嘿嘿嘿……
我倒不覺得結婚有什麼好，說不定我根本不適合婚姻
一個人生活輕鬆多了～老了就和朋友一起過日子
對吧森下
可以的話，我還是想結一次婚看看啦……
我還沒辦法像妳這樣看得開……
扭扭
持……持田……

我覺得很棒呀——老了之後一起搬去沖繩之類的地方住吧——
……
我太了解妳了
嘴上這樣說，一旦有了對象馬上就跑去結婚囉
呵呵呵……
我已經厭倦男人了，沒有男人輕鬆多了～
不如我們去找點有趣的事情做吧～？
今天我和男友有約了～
…
差不多該起床了吧
呼——
說得也是
嘿咻
是不是該準備一點吃的……？
有點小麻煩耶……
我也覺得……
還是叫外賣？
咚咚咚
Coco壹番屋
什麼聲音好吵喔
應該是在放煙火吧？
咚咚——
就這樣送走了35歲的夏天……
今天一整天都沒有拉開窗簾

其實要自己下廚也是可以啦～
對呀，也不是不能自己煮～

第 3 章

在意的事，不在意的事

今年的夏天

唉—
結果今年夏天
連一次都沒去過
海邊～
我也是～
今年夏天連件
泳裝都沒買呀
不愧是
年輕人……
完全不會聊
關於海邊、泳裝、
「今年夏天」之類
話題的一群人
今年夏天
我大多是在
戶外度過，
整個夏天幾乎都在
做日光浴呀～
我今年的夏天
覺得到去年為止
一直在穿的衣服
突然之間怎麼穿
都不好看了……
是因為
變胖嗎？
立即回答
せ
也不是這樣啦

到去年為止
一直都在穿的衣服……
突然覺得不好看了
和去年有什麼不一樣？
體重相同
髮型也相同
是臉嗎？
還是喜好？
也不是那種流行款的衣服
這件也是？
這樣的夏天……
啪沙——
……
唉，其實我自己也多少知道
因為有前人已經警告過我
吞口水
森下那一天可是會突然說來就來唷……
30歲後段班的持田之經驗談
看來今年夏天得額外多花不少錢了
能夠掩飾身材
款式簡單的……
真是必要支出吧
假如冬衣也是這種狀況……
開始有點害怕換季了……

好想休假

唉—
真不想去上班
成為社會人士已經十幾年了
22歲
真不想去上班—
好想休假—
懶散
賴床
請參照《女人啊，就是這麼回事》③
一點兒也沒長進……
回頭想想，好像從小學開始每天早上就是這樣了
12歲
真不想去上學
好想請假喔—
懶散
賴床
看來我是不會有所長進了
早上起床
唉唉唉，不起床不行了—
真不想起床
起床嘍
夢見自己起床了
驚
準備
早晨一定要沖澡
消腫按摩
絕不能忘
出門
手忙腳亂
啪
還得先傳真才行
資料資料
啪
感覺一整天幾乎都在做勞力工作……
並不是討厭工作
只是很不想不想不想不想起床

From：地址：

姓名：

廣　告　回　信
台北郵局登記證
台北廣字第01764號

平　信

To：**大田出版有限公司**　（**編輯部**）**收**

地址：台北市10445中山區中山北路二段26巷2號2樓

電話：（02）25621383　傳真：（02）25818761

E-mail：titan3@ms22.hinet.net

大田精美小禮物等著你！

只要在回函卡背面留下正確的姓名、E-mail和聯絡地址，
並寄回大田出版社，
你有機會得到大田精美的小禮物！
得獎名單每雙月10日，
將公布於大田出版「編輯病」部落格，
請密切注意！

大田編輯病部落格：http：//titan3.pixnet.net/blog/

智　慧　與　美　麗　的　許　諾　之　地

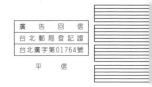

讀 者 回 函

你可能是各種年齡、各種職業、各種學校、各種收入的代表，
這些社會身分雖然不重要，但是，我們希望在下一本書中也能找到你。
名字／____________ 性別／□女 □男　出生／______年_____月_____日
教育程度／
職業：□ 學生□ 教師□ 內勤職員□ 家庭主婦 □ SOHO 族□ 企業主管
□ 服務業□ 製造業□ 醫藥護理□ 軍警□ 資訊業□ 銷售業務
□ 其他 ______________________________
E-mail/________________________ 電話／________________
聯絡地址：
你如何發現這本書的？　書名：
□書店閒逛時________書店 □不小心在網路書站看到（哪一家網路書店？）________
□朋友的男朋友(女朋友)灑狗血推薦 □大田電子報或編輯病部落格 □大田 FB 粉絲專頁
□部落格版主推薦 ______________________________
□其他各種可能 ，是編輯沒想到的 ________________________
你或許常常愛上新的咖啡廣告、新的偶像明星、新的衣服、新的香水……
但是，你怎麼愛上一本新書的？
□我覺得還滿便宜的啦！ □我被內容感動 □我對本書作者的作品有蒐集癖
□我最喜歡有贈品的書 □老實講「貴出版社」的整體包裝還滿合我意的 □以上皆非
□可能還有其他說法，請告訴我們你的說法
____
你一定有不同凡響的閱讀嗜好，請告訴我們：
□哲學 □心理學 □宗教 □自然生態 □流行趨勢 □醫療保健 □ 財經企管□ 史地□ 傳記
□ 文學□ 散文□ 原住民 □ 小說□ 親子叢書□ 休閒旅遊□ 其他 ______________
你對於紙本書以及電子書一起出版時，你會先選擇購買
□ 紙本書□ 電子書□ 其他______________________________
如果本書出版電子版，你會購買嗎？
□ 會□ 不會□ 其他______________________________
你認為電子書有哪些品項讓你想要購買？
□ 純文學小說□ 輕小說□ 圖文書□ 旅遊資訊□ 心理勵志□ 語言學習□ 美容保養
□ 服裝搭配□ 攝影□ 寵物□ 其他 ________________________
請說出對本書的其他意見：

大田出版有限公司編輯部 感謝您！

不過今天
真的覺得身體
不太舒服……
還是請假吧～
翻來
覆去
驚
不行
今天不能休假
因為昨天
有個與我同年紀的
搞笑女藝人結婚的新聞！
起身
該不會是因為
深受打擊
而請
假吧
…？
ㄟ一
怎麼會？
但也不
是不可
能喔
而且默默地化了個比平常
還濃一點的妝
自我意識過剩

組裝
我—回—來—囉~
擠
擠
呼……
這個狀態已經持續一個月……
我看也該來組裝了……
郵購
餐具櫃
……
要是有誰來到玄關可就麻煩了……
不過我倒是希望有個人來……
順便幫我組裝……
真拿妳沒辦法~
拆
拆
謝謝~

宅配人員
心裡一定想著怎麼還沒組裝好呀……
……
擠
擠
推銷員
擠在這裡很不舒服
盡量長話短說
擠
擠
以上就是這個月曾經進到玄關來的男人
我知道
「把東西扔在玄關不管的話，好運是進不了門的」
的確有點道理……
嘿咻
下盤沉重
來組裝吧……
都已經放了2個月囉……
啪啦啪啦
喀嚓喀嚓喀嚓
傻眼—
竟然是已經組裝好的……

時尚

午餐提袋
雜誌附贈品
這個包包好可愛唷——
中午買便當時剛好派上用場~
雖然超想立刻上街使用
但才剛發售就馬上提出門感覺有點害羞
先在家放幾個月
……
放了幾個月之後再拿出來
差不多可以使用了——
啊
那是「○○」附贈的贈品對吧~
10~20歲的年輕人雜誌
好…好像是吧?

因為很想要
贈品才買的啦
啊—
我也是
呵呵呵
唔—嗯
贈品和別人撞包
是無所謂啦，
但對方是年輕人就
覺得有點害羞
非常難為情
另外，
如果打扮得
比較年輕一點
卻偏偏和年輕人
撞衫的話……
（以下同上）
隨著年紀增長，
怎麼搭配衣服
慢慢地也成為一大煩惱了—
喀嚓
年輕人會去
的店
東西都很便宜
呢～
妳一言
我一句
唉唷，
不錯嘛，
妳那個也是
名牌吧？
我是
跟女兒
借來的—
這個
百元商店
就有賣了—
真的嗎～？
現在就流行
這個啦
今天打烊之後
有歡送會
歐巴桑
大集合！
哇
哈
呵
反……反而
自由了

犯太歲

只要一接近年終，感覺一切就開始慌亂了～
唉—唉
又快到這個季節囉
日子過得好快
真恐怖啊

我明年犯太歲耶～
雖然我不是很信這個啦～
但還是去安個太歲比較好吧？
太歲呀……倒是讓人有點懷念呢
33歲・單身
無男友
犯太歲流年不利
大概是在《我的單身不命苦》②～③的時候
那時好年輕……
我從來沒有安過太歲
是喔—那一切還好嗎？

關於太歲
我有上網查過
古時候的女性
在20幾歲時結婚、生子，
養育小孩一陣子之後，
到了33歲左右時
不論在精神上或肉體上
都非常容易疲憊……諸如此類
而現代這個年紀的女性
不但被家事、育兒追著跑，
還要忙於工作或事業……
等等等
…
沒有一項是跟
我有關的……
單身・無事業
所以太歲
應該也與我無關吧
呵
而且人生
本來就不該被曆法
牽着走～
安太歲是沒有
意義的
…
這……算不
算有說服力呢
其實，
去安個太歲
也不錯啦
有拜
有保佑囉

化妝

對了，早上妝化到一半時
啊得先回個Email
哇~快來不及了
衝
早安~
へ？
啊
僵—
應該是不會再遇到那個人了啦……
只是他對我的印象應該就停留在那張臉吧
為了挽回形象好好化了妝
置物櫃裡化妝工具齊全
啊，您好
讓他看看這張臉
……
但該不會反而讓他看到有無化妝兩者的強烈差別…？
早上
中午
亮麗
完美

這張臉還是會有狀況不佳的時候……
今天又想請假了……

第 4 章

今日的血拼成果

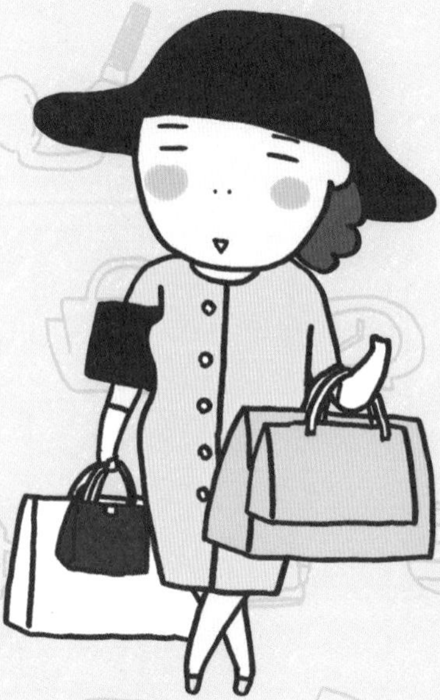

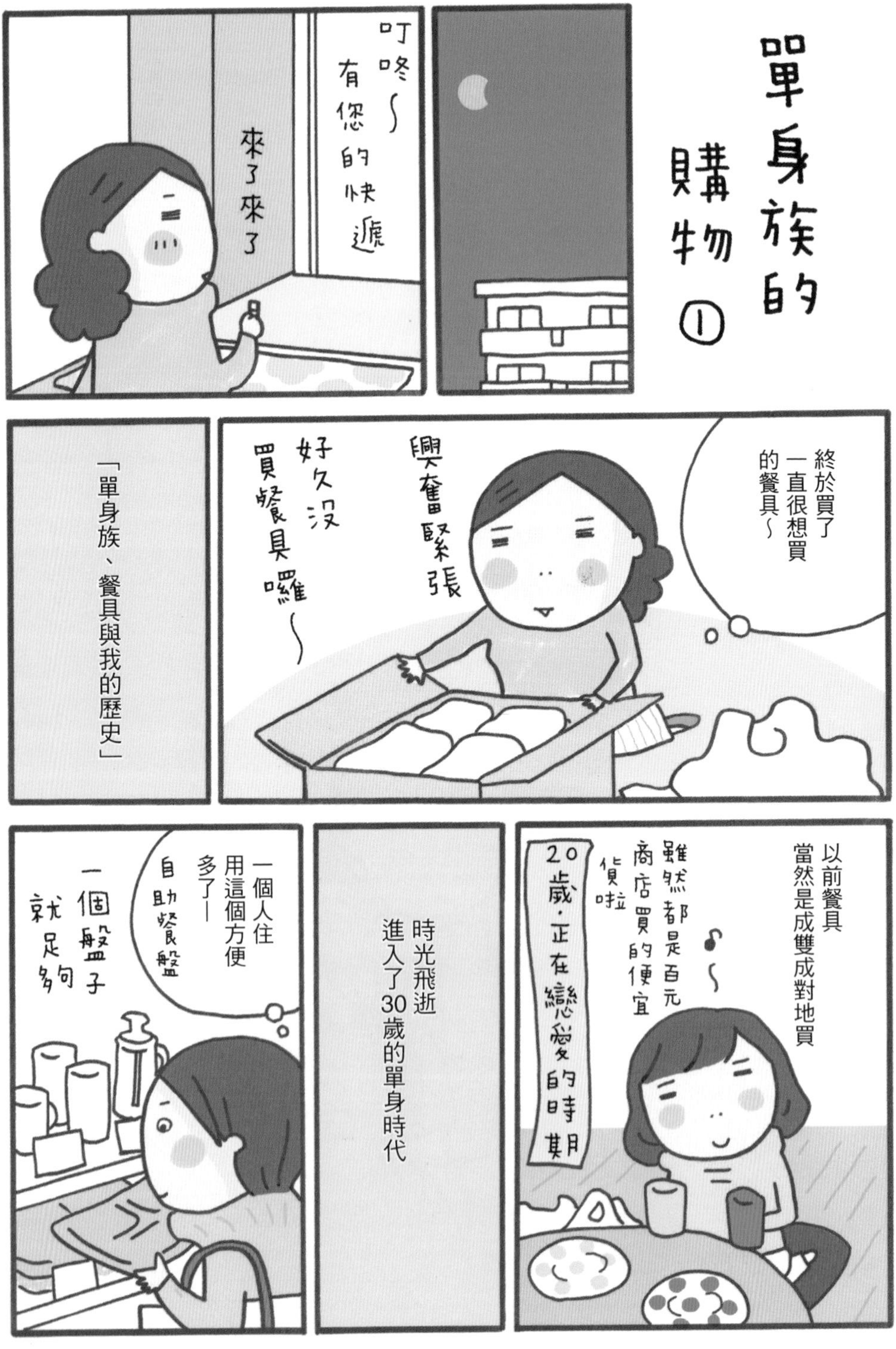

單身族的購物①
叮咚～有您的快遞
來了來了
終於買了一直很想買的餐具～
興奮緊張
好久沒買餐具囉～
「單身族、餐具與我的歷史」
以前餐具當然是成雙成對地買
雖然都是百元商店買的便宜貨啦
20歲．正在戀愛的時期
時光飛逝進入了30歲的單身時代
一個人住用這個方便多了—
自助餐盤
一個盤子就足夠

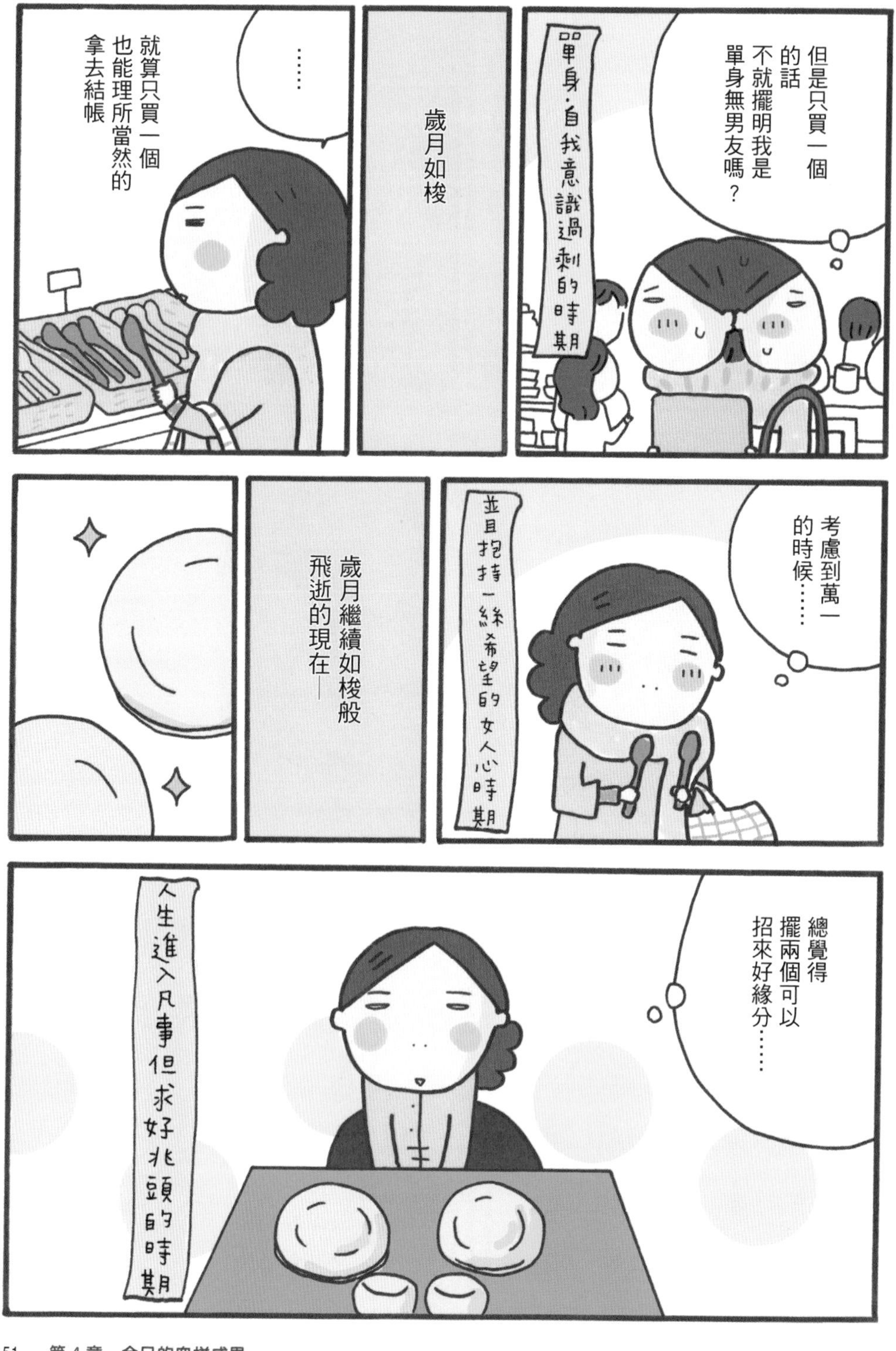
但是只買一個的話
不就擺明我是單身無男友嗎？
單身·自我意識過剩的時期
歲月如梭
……
就算只買一個
也能理所當然的
拿去結帳
考慮到萬一的時候……
並且抱持一絲希望的女人心時期
歲月繼續如梭般飛逝的現在——
總覺得擺兩個可以招來好緣分……
人生進入凡事但求好兆頭的時期

單身族的購物②
叮咚～
有您的快遞
來了來了
冬天最愛買一些穿起來暖呼呼的東西了
暖呼呼內衣
暖熱呼水呼袋
暖呼呼袖套
天氣一冷就很不想鑽出被窩整個人也跟著懶散起來
懶懶
散散
好冷喔
唔—嗯
以至於浪費了許多寶貴的時間各位也有過這種經驗吧？
根本沒辦法走近工作桌……
…
這種時候我就會
穿上暖呼呼羽絨外套

再套上
暖呼呼羽絨靴
護腰
穿上這些
感覺就像裹在棉被裡
一樣溫暖
開暖氣
要付費
基本上是
不開的
腰開始有
點痛了……
休息15分鐘
麥肯基
腰痛療法
呼……
呼嚕——
平常的話
會因為太冷而爬起來
但現在卻彷彿
在被窩中般暖呼呼
哪裡都
能睡
呼嚕——
呼嚕——
浪費掉的時間
更多了——

兩個人一起去購物
要從哪裡開始逛～？
這個嘛——
持田小姐
對了—— 我想買雙絨毛可以拆卸的靴子——
嗯—— 今年要買件什麼樣的外套呢～
鞋子在哪一層呀～
內心各有打算
還是要等大特賣的時候啊……
啊，那個好可愛～
飄走——
飄走

哦，找到什麼可愛的東西了嗎？
沒—還在尋找當中
唔—
要買哪件好呢～
呵—
買好外套了
笑咪咪
啊，持田小姐
笑呵呵
買好靴子了
早已習慣一個人購物的兩人
去吃甜點吧

把老家的電視配線重新接好之後
妳真的什麼都能自己搞定耶
老媽語重心長地說

天氣一冷便是吃火鍋的季節

人際關係

謝謝妳的漫畫，太好看了～我哭到不行呢～
我就說吧？
啊——是那個唷
超好看的——
好像沒有別人要借了，今天要帶回去，好麻煩喔——
我……我想借來看——
可是說不出口
30歲左右時為了不讓別人覺得我是個可怕或討人厭的前輩
對於年輕人（20歲出頭）會特別客氣，跟她們保持良好的關係
是喔，太厲害了
哦——是這樣呀
但是到了這個年紀，反而是她們會對我客氣了
一旦沒搞好，狀況可就大大不同囉
呼

跟年輕人保持一定的距離
只會認真教導她們工作上的事情
維持這樣的程度就夠了
關係沒有維持好的話，教起來也很累……
……
咦？
我好像聽過類似的話耶
所以和媳婦相處呀
最好跟她保持一點距離比較好啦
沒錯，就算勉強跟她親近，對方也只會跟妳保持禮貌性的關係
我說呀~
對呀對呀
看來我會是個好婆婆唷
呵
重點是要先嫁得出去吧

今年的感冒

唔
關上
快步走
咳咳咳咳
咳咳—
咳咳咳咳
咳
唉唷—
糟糕—今年的感冒咳嗽還沒斷根
啊——
感冒已經好了就是……
剛才是森下在咳嗽嗎？咳得很厲害呢，還好嗎？
沒關係吧？
啊

糟糕——
今年咳嗽的聲音
聽起來有點像歐巴桑
平常這種程度的咳嗽
我都可以忍住的說
咳
咳
唔
咳
咳
咳——
咳嗽時的臉
也很歐巴桑……？
驚
以後咳嗽時
一定要記得做
這動作了
咳
咳
把臉遮起來
像這樣戴口罩
把口罩整個拉開
然後做這個動作
咳
咳

耶誕節的計畫

耶誕節
工作時
就算不喜歡
還是得浸淫在
耶誕氣氛中
沒完沒了的耶誕歌曲
耶誕節
耶誕節

耶誕節還要上班啊
唉，沒辦法呀～
這種感覺已經離我好遙遠——
我也有過這種時代呢……
餐廳
年輕時候的我一定會拚死排滿行程
現在的耶誕節，大家不是約著去餐廳，就是送禮物吧？

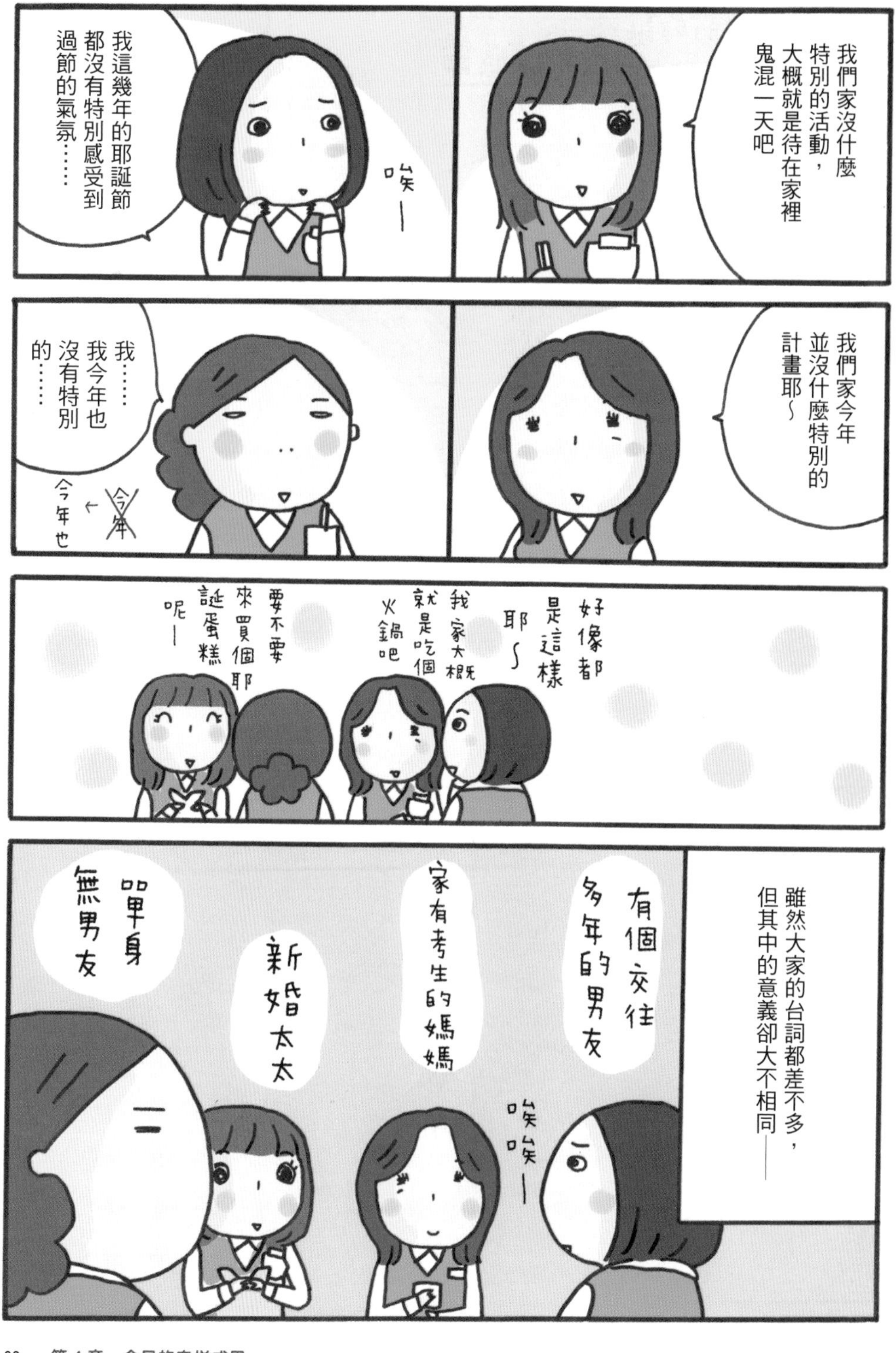

我們家沒什麼特別的活動，大概就是待在家裡鬼混一天吧
唉—
我這幾年的耶誕節都沒有特別感受到過節的氣氛……
我們家今年並沒什麼特別的計畫耶～
我……我今年也沒有特別的……
今年也
好像都是這樣耶～
我家大概就是吃個火鍋吧
要不要來買個耶誕蛋糕呢—
雖然大家的台詞都差不多，但其中的意義卻大不相同——
有個交往多年的男友
家有考生的媽媽
新婚太太
單身無男友
唉唉—

我房間裡的
耶誕樹是
以前工作的
店家(已經倒店)
的裝飾品
感覺運勢不太好?

第 5 章

星星降臨的夜晚

…
辛苦了——
辛——苦——了——
哦，這就是那件上次買的外套呀？
對呀——
哇——好冷——辛苦了——
辛苦了——
肚子餓
冷
疲倦
唉——
咕嚕——
繞去超市看一下吧
有24小時的超市真好
絞肉……
雞肉丸子
有效期限12月26日
12月25日到期的只要半價……
今天是幾號啊？

……12月24日？
……
今天是耶誕夜呀
總覺得進入12月之後每天都是耶誕節
叮叮噹——
叮叮噹——
耶誕節
耶誕節
是耶誕節呀——耶誕節了嗎——
早早便進入這種模式
日子就這樣一天天過去了
這種感覺就像耶誕節的助跑時間拉得太長
以至於過了終點線都不知道
12/24
快步
快步

每天都聽著
耶誕歌曲
會有一種
去年或前年重現、
彷彿鬼打牆的感覺
累的時候
情況更嚴重
甚至還忘了
耶誕夜這回事
感觸良深哪
寫《我的單身不命苦》的時候
就已經意識到
這件事了
耶誕夜
竟然獨自一人
待在錄影帶
出租店
惠美子(31)
這種無所謂的心態
是因為
肚子餓了嗎？
究竟是好還是不好咧
咕嚕—
熟食區也都推出
party用的大分量
幾乎找不到
單人份的食物
滿滿～
在這裡光明
正大地買
一人份才是
做自己
(為何？)
不知為什麼
很想在耶誕夜
挑戰一下自我

只要半價的兩人份比較划算……
肚子太餓抗拒不了啊
咕嚕—
超愛吃炭烤
只是一直以來我在這裡買酒之類的東西一次都是買兩人份的
明明酒力不行
別買了
是爸媽……
以前的我
現在接電話他們一定認為我耶誕節沒人約……要不要接呢~
一個人吃火鍋
爸媽的年紀越來越大，最近只要他們打電話來，剎那間都會擔心「是發生什麼事了嗎」
喂，我是惠美子
啊，我是媽媽啦—妳過年有安排嗎？
如果要回老家，記得在百貨公司買點好料的帶來
……
呃—我現在在超市，待會兒再打給妳啦
什麼？這時間還在超市？快點回家去吧
太好了，聽起來滿有精神的……

啊…
公司的後輩
點頭
幸好現在是在講電話的狀態……
電話中
剛下班
2人份的壽司
看起來不像是一個人過耶誕節
呼
還是一樣愛面子
看來我還是沒成長啊……
晚上—持田突然跑來了
沒事做？
電視上只要一出現有耶誕氣息的節目或廣告持田馬上轉台
聖誕—
啪
我……我正在看耶

為了分散對耶誕節的注意力，持田開始聊過年的事情
過年去廟裡拜拜呀～
持田覺得壽司盒上貼的耶誕節貼紙很礙眼，於是將它扯下來撕碎
耶誕節
大家一起開Party
撕爛
後來喝醉睡著了——
到底是來幹麼的……
我想持田應該也不好過吧……
蓋上
晚・安・囉
作個好夢吧……
來工作吧
不過一想到持田就在後面
這個耶誕節就不覺得寂寞了
呵呵呵……

小時候
耶誕禮物都是
每年寒假的
學校推薦圖書
好實際
但爸媽總是
堅持說那是
耶誕老人送的
哦，聖誕老人來過了呀
雖然日本沒有，
但我想外國
一定有聖誕老人吧
應該是日本人學外國的吧
將現實與童話混而為一的小孩
不論到了幾歲，
都希望自己能夠
記住耶誕節的
快樂心情
蛋糕
對了
買個耶誕禮物
送給自己吧—
30歲中期
單身無男友
我就是聖誕老人
放入記憶卡
就能看的照相機
數位單眼相機
聖誕快樂，惠美子
好，買了～
但隔天早上
就後悔買了相機
應該等它降價之後再買……
自給自足的耶誕老人的苦惱

12月23日
才剛剛意識到有
耶誕節時發生的事
驚
惠美子（31歲）
竟然
在這天
一個人去
買漫畫
這不就明顯
表示我沒
男友了嗎？
如果順便
一起買這本
別人應該會以為
呵呵呵……
做蛋糕
我是為了明天
的轟趴做準備吧……

呼嚕—

呼嚕—

走到哪兒
都能睡
呼嚕

第 6 章

身心靈的變化

皮膚問題

冬天是……
空氣最乾燥的時期……
而且邁入30歲中期後
皮膚也經常出現
各種狀況
只要一起床眉間就會
出現「皺眉紋」
應該是因為
工作時睡著
的關係吧
真拿自己
沒～辦法呀～
唔――嗯
不知何時冒出來的
「額頭痘痘」
大人的痘痘
大多是因為
壓力或睡眠不足
造成的
唉－唉
下巴或
額頭最
容易冒出
這種痘痘
藥膏

額頭出現了抬頭紋
因為中午老是站在室外抬頭往上看……
真不想回辦公室啊～，
在進行招牌安裝工作……
塗抹
驚
怎麼辦
萬一這三個問題一起出現的話
「井」
別鬧了
唉－
利用熱氣來蒸臉

好餐具

啦啦啦
買了一個還不錯的餐具櫃之後
現在最開心的就是購買那些老早就想要的餐具了
搬家之前住的公寓既老舊又髒亂
完全被生活感吞沒的北歐設計馬克杯
根本不想添購一些裝飾品或美麗的餐具
還是這樣好啊
看起來都好美味唷
沒有配料的炒麵
畢竟是大人了還是得花點心思在經營生活上
開動囉

吃得好飽唷
不立刻收拾的話待會兒就會懶得收了
可是
即便沒收拾還是美得像幅畫呀
顏色搭配得好可愛唷
就算一直擺著也不覺得煩呢……
懶懶散散
拉拉拖拖
小跑步
快遲到了—
即便沒清洗還是美得像幅畫呀
顏色搭配得好可愛唷
就算一直堆在洗碗槽裡也不覺得煩呢……
呵呵呵
買了好餐具真是太棒了
我出門囉

中年人的冷笑話

皮膚好乾喔ー
啊，辛苦了——
妳也辛苦了
森下小姐都用哪一牌的睫毛膏呀？
喔，是倩碧——
我超不會刷睫毛膏的
森下小姐……好美唷
只有時間夠多時才會這樣啦
可能是因為我睫毛膏刷得好吧？
開玩笑的啦ー
哈哈
呵呵呵
へ…對呀ー睫毛膏要刷得好
還真是不簡單

（譯註：日文的睫毛膏與因為刷得好的發音類似）

只要有年輕人來找
我聊天就變得超緊張
又來了
不是嘰嘰喳喳
說個沒完
就是ㄍㄧㄥ過頭
這和那些歐吉桑
講冷笑話的心態
難道是一樣的……？
我去廁所，
去去就回——
哇哈哈哈
年輕時候
呃……
呵呵
……
當了
媽媽之後
才能體會
做母親的
心情呀
該不會是因為
我也成了中年人
才漸漸能夠體會
中年人的心情吧

（譯註：日文的廁所與去去就回的發音類似）

犯太歲②

我還是決定去安太歲了
嗯，如果會在意的話還是去安一下比較好～
我只要買個護身符就算數了
當年的我也滿在意太歲年的～
而且還是正沖太歲呢
不過30之後幾乎每個人都會碰到太歲年呀
真是抱歉了
什麼？在聊犯太歲嗎？
辛苦了——
犯太歲的話還是處理一下比較好喔
像我就超級倒楣的
呼

是喔—我倒是還好耶
我也是
真的嗎？好好喔～
當時是發生了什麼狀況？
那一年我既沒有男友也沒有認識什麼好男人，機會完全掛零
耶誕節、生日都是自己一個人過～
超衰的吧
……
我平常……就是過這種日子呀
難不成我每年都犯太歲？
唔……還是不要去深思這個問題吧

好想休假②

好睏~
真不想去上班~
可是該起床了
不起床不行呀
再等5分鐘……
快起床……
唔~再1分鐘……
唔─起來了─
覺得身體好沉重喔……
無精打采
妝怎麼化都化不好──
是作夢？
好懶得打扮喔

來想個
請假的理由
感覺身體
好像真的
很不舒服～
驚
不行
今天不能休假
因為昨天
比我資淺的男社員
宣布要結婚了
該不會是因為深受打擊而請假吧…？
唉－畢竟他們交情還滿不錯的
我可不想被誤會成是暗戀他
結果還是
沒請假
自我意識過剩

鑰匙

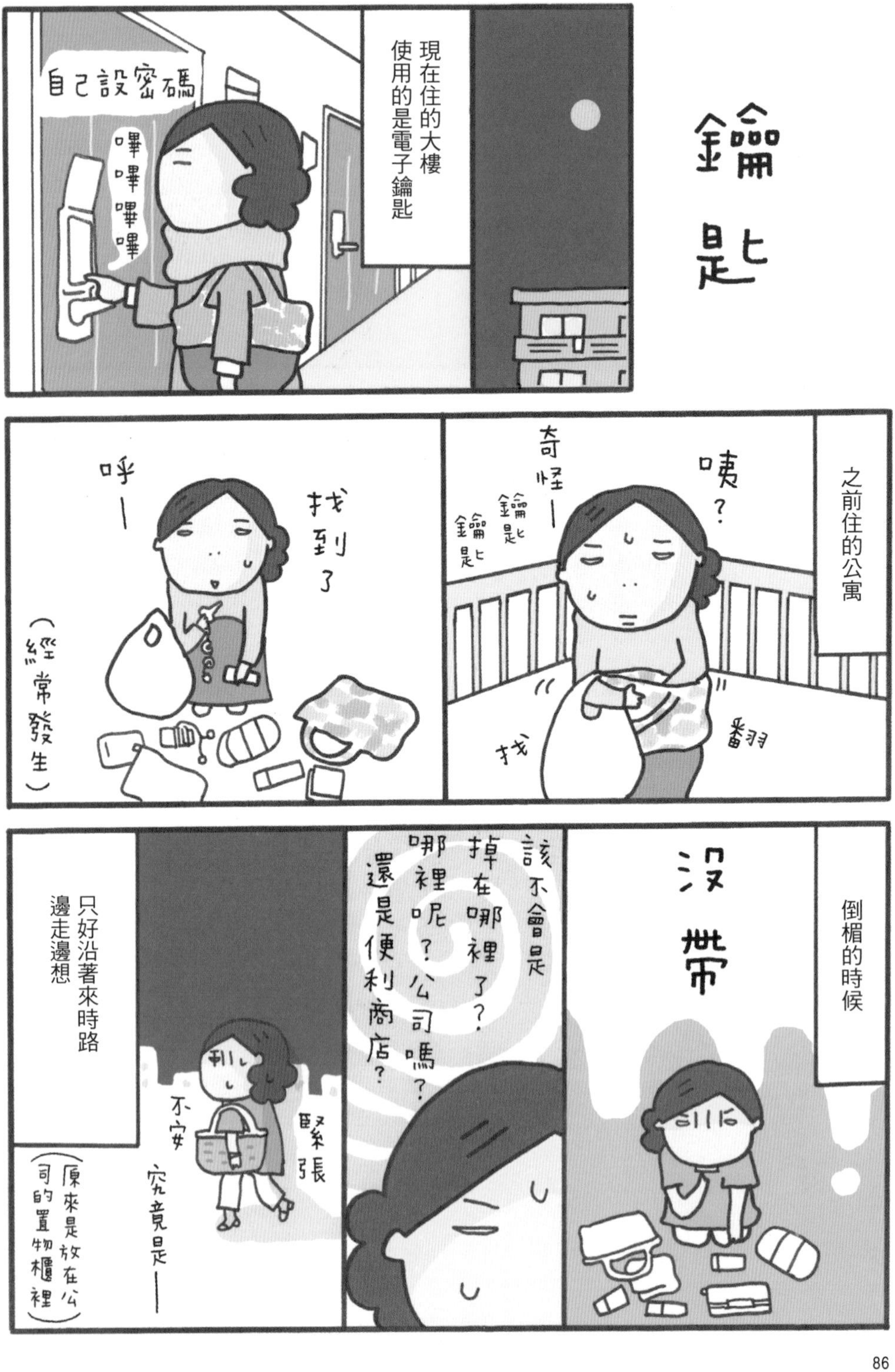
現在住的大樓使用的是電子鑰匙
自己設密碼
嗶嗶嗶嗶
之前住的公寓
咦？
奇怪—
鑰匙
鑰匙
翻
找
找到了
呼—
（經常發生）
倒楣的時候
沒帶
該不會是掉在哪裡了？
哪裡呢？公司嗎？
還是便利商店？
只好沿著來時路邊走邊想
緊張
不安
究竟是——
（原來是放在公司的置物櫃裡）

電子鑰匙應該就不會發生這種狀況了
好冷~
這種時候也很方便……
今天早上要開會，我先出門了
嗯——慢走
啊，鑰匙就放信箱裡
笑
……
咦？
腦中一片空白
想不起來密碼……
擔心密碼外洩所以也沒寫下來
嗯——
啊……
每次都是沿著歸途來到家門口時手指就會自動按出密碼……
慢慢走
嗶嗶嗶嗶嗶嗶
完全不必想
可能是剛才瞬間想了別的事情
邪念？
或許沿著原路重走一遍就想起來了
總之試著重走一次看看能不能想起來吧
緊張
不安
究竟是——

咳得像個大嬸般
(因為過敏)
咳
咳
呼
咳
被發現躲藏處了
喔,剛才的咳嗽聲果然是林下呀—
呵呵呵
咳咳
咳
咳
果然是林下在咳嗽耶~
一個人吃拉麵滿困擾的

起床時臉上有睡覺的壓痕
枕頭的痕跡
呼嚕—
失敗
幸好今天有時間……
敷
懶懶
發呆—
散散
面膜因濕軟而下垂的地方竟然在臉上擠出了痕跡……!!
再度失敗
啊

物產展

美味
物產展
興致勃勃
我最愛物產展了
20幾歲的時候覺得自己一個人去物產展試吃很可恥
但現在的我
全身上下全副武裝
已經變成出現在物產展內一點兒也不奇怪的女人了
今天是非假日而且還下雨，客人似乎不太踴躍……
雖然人少覺得很幸運，但相對的
身為客人其實很希望場面能夠再熱鬧一點
可能是百貨業待太久了吧

歡迎試吃唷——
啊，都沒客人，看來我得出馬了
嗯——很好吃耶～
章魚乾甜甜辣辣的
哦，好像很好吃
自以為成功吸引了客人↓
人氣店
這家店不必我幫忙也沒問題吧
肉包店
這位小帥哥的店裡怎麼都沒客人哪
看來我得出馬了——
我一買客人馬上就上門了
人氣漸漸湧現了
我自滿足
放心多了回家吧
結果那些有名的人氣店我反而都沒走進去
好吃
嚼
嚼

紅包
森下小姐，我們正在收要祝賀上野小姐順利生產的紅包錢～
一個人多少？
一千日圓～
……
上野……是誰呀？
班表不太一樣所以不太認識這個人
不過像這樣大家一起包紅包的狀況還滿常出現的
從結婚到生產都有
畢竟是祝賀也就無所謂囉
而且我也算是前輩了
就各個角度來衡量這個紅包不包不行啊
我可不想被認為是因為30多歲單身個性比較扭曲之類的
就這樣持續包了15年紅包。
就算輪到我結婚也回不了本了吧……
至今為止包出去的紅包錢都足夠我去夏威夷度假了
不可以這樣想

剛才那張千圓鈔票夠我吃頓好料的囉
買2個麵包
不可以這樣想
是認識的人也就算了，偏偏又跟她不熟
沒關係啦，都是同公司的人
剛才的千圓鈔票
惠美子的幸福撲滿
嗯—
請保佑我好運連連
敲
敲
幸福神社
剛才的千圓鈔票
捐獻箱
幸福來唷來唷—
幸福
反正想一些好運的畫面就對了
心情平靜下來了
呼

原貌

從今天開始連休，
沒有特別的計畫
呼嚕——
幸福
伸懶腰
爬爬
爬爬
順利移動到暖爐桌
在家裡
抓
抓
チョコ
懶
懶 散
散
無所
事事
16:00
伸懶腰
嗶
鏗——
嗶
鏗——
嗶
嗶 鏗——
嗶
鏗——
嗶
鏗——
嗶 鏗——
鏗——
快離開

換好衣服
梳好頭髮
洗好臉
畫眉毛
化淡妝
搽口紅
最後噴點香水提神
咻
我來說明一下
35歲之後
若是長時間處於懶散狀態
就很難回復到
原本的模樣
呼—
內心的變色計時器
與鹹蛋超人剛好相反
一整天下來超危險
100
50
0
懶散程度
危險
可回復9成
可回復原貌
不過，
話說回來，
說不定這才是
我的原貌呀
伸懶腰

心
那就決定這個吧
呵♥
仔細一看 是心耶
以前的我絕對不會買像心這種形狀很明確的東西
現在卻變得超愛買
耳環仔細看也是心形的
太明顯的話還是會覺得害羞
小到幾乎看不到的心形
或者是穩重而小的心形戒飾
大人風的心形
也許是本能上想要藉此增添一些可愛感或彌補自己不足的女人味吧……
如今正不斷流失中

妳看妳看——
喔，真可愛耶
仔細看是心形的耶
其實這個也是心形的唷
耳環
這裡也有個小小的心形——
喔，真的耶
好像在玩大家來找碴的遊戲唷
呵呵呵
對呀
那我先走囉 辛苦了
再見——
來去洗澡
……
呼
找碴？

睡過頭

睡過頭了—
睡眼惺忪—
已經是上班時間了

大概每隔3年就會發生一次
躺回
年輕的時候
驚醒
遲到了
擦 刷 洗
急急
忙忙
小跑步—
如今就只會覺得「唉—」
身體已經不會迅速採取行動了
得打個電話說一下……
緩慢

理由嘛……
說去醫院的話得交診斷書，又不想說自己有什麼隱疾，說感冒的話也得發揮一下演技……
還是靜待公司打電話來問嗎？
公司一旦打來就說
真的很抱歉，我以為今天是休假日
看錯班表了——
可是對自己的演技完全沒信心～
一下子就被上司看穿
等電話的期間完全靜不下心來
還是乾脆坦白一點
就說「睡過頭了」
坦率
可是在晚輩面前就……
唉～
嗶 嗶 嗶
我是森下，很抱歉，我身體不太舒服於是睡過頭了
正襟危坐
利用謊言中夾雜事實的技巧
由於並非完全說謊，罪惡感頓時減輕許多

旅行

今天要和持田小姐去旅行
嘩啦— 嘩啦—

和持田一起出遊時經常會碰到壞天氣
嘩啦— 嘩啦—
今日休園
今天臨時休業
和持田一起出遊時，想去的地方幾乎都會恰巧沒開
時尚的雜貨店
…
既然是淡季的平日，出發前至少要先調查一下嘛
這2人……
不過我們此行的目的是悠閒地泡泡溫泉、待在旅館吃美食
對呀—
相互打氣

明天要是能夠放晴就好了——
妳們有看氣象報告嗎？
明天的天氣會比今天更糟喔
渡輪好像也停開了呢
開車 要花3倍的時間
搭渡輪只要55分鐘
搭渡輪來的
明天不早點出門不行了……
露天溫泉看來也去不了……
はい
今天不必上班嗎？
嗯——我們的工作是平常日休假
難道妳們是護士？
咦？
兩位看起來很像護士呢
真不好意思
看起來很像嗎～？
還滿開心的2人
這便是此趟旅行中最美好的回憶——
嘩啦——
嘩啦——

對食譜的回憶

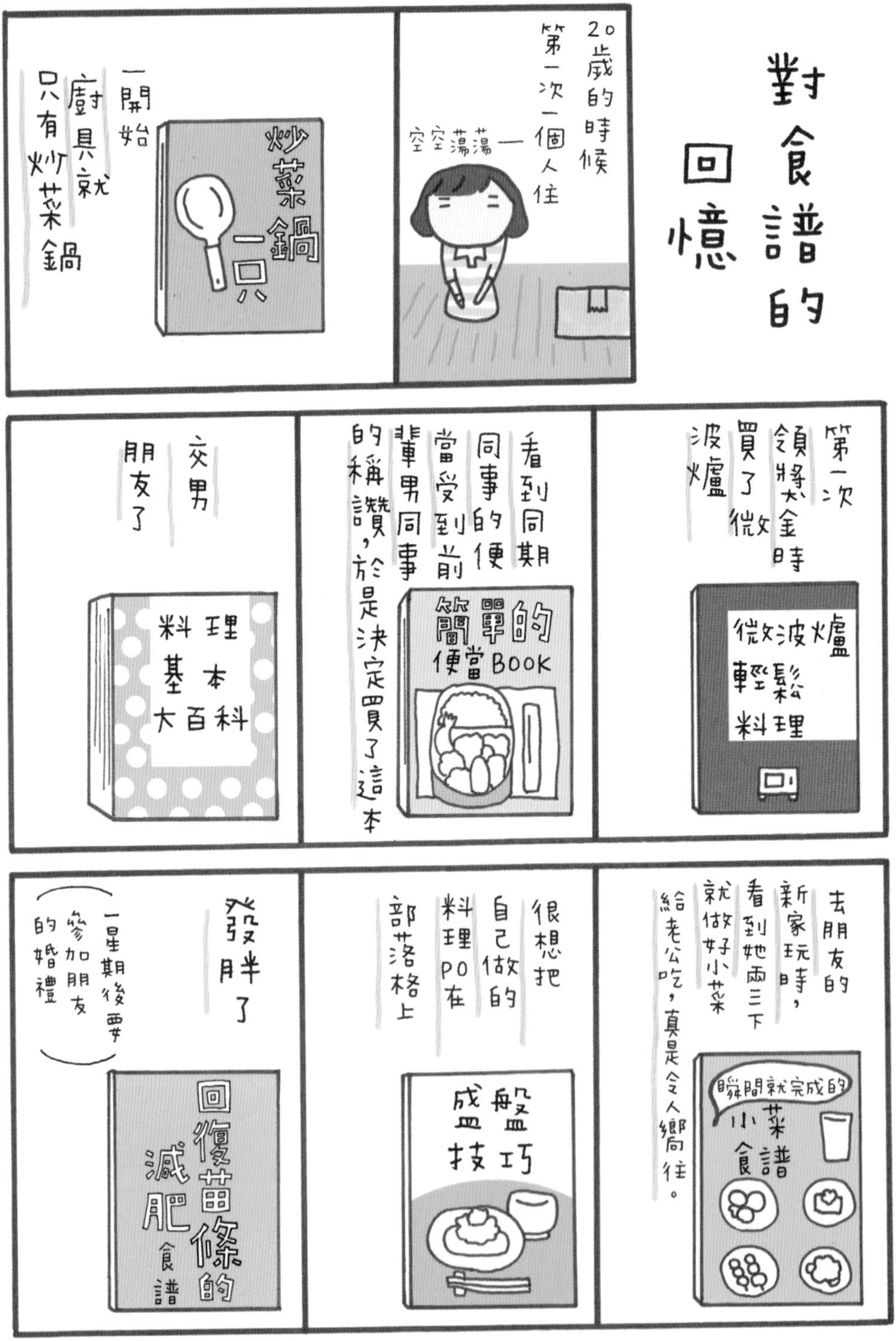
20歲的時候第一次一個人住
空空蕩蕩—
一開始廚具就只有炒菜鍋一只
炒菜鍋一只
第一次領獎金時買了微波爐
微波爐輕鬆料理
看到同期同事的便當受到前輩男同事的稱讚，於是決定買了這本
簡單的便當BOOK
交男朋友了
料理基本大百科
去朋友的新家玩時，看到她兩三下就做好小菜給老公吃，真是令人嚮往。
瞬間就完成的
小菜食譜
很想把自己做的料理PO在部落格上
盛盤技巧
發胖了
（一星期後要參加朋友的婚禮）
回復苗條的減肥食譜

無論如何 都想自己下廚的時間
忙得幾乎沒有時間
但心想至少
可以煮個湯吧……
好湯
100道食譜
至少
可以打個果菜汁吧……
健康蔬果汁
至少
可以先做一些常備菜吧……
常備菜的保存方法
超想做便當的念頭再次興起
便當
很喜歡這種圓弧形的便當
從電視節目得知女性荷爾蒙會隨著年齡減少
能夠增加女性荷爾蒙的食譜
一時衝動買了塔吉鍋
塔吉鍋食譜
嚼嚼
看起來很好吃—
巴不得整本書變成一道道馬上就能吃的料理
在百貨公司地下街買的天婦羅壽司

放鬆
叮咚—
我是快遞公司—
來了來了
對放鬆系的商品
毫無招架之力的我
按摩
抱枕
在公司整天
忙得團團轉
忙出
忙進
回到家後
就很想好好地放鬆
看電視
也會選擇
靜態不需
太費神的
節目
NHK
料理節目
我最喜歡待在
安靜的房間裡發呆

雖然很想買一台按摩椅
但實在太貴
買不下手
不過目前的狀況
已經很令人滿意了
滿足
精油
芳香機
再播放一些
放鬆系的
音樂就
放鬆
完美了
?
聽的明明是幫助
放鬆的音樂，
為何內心還是
感到不安……
潛意識?
啊
因為牙科的候診室
也都是播放這種
音樂啦……
緊張
不安

每次夢到
正在上班
就覺得虧大了
真希望這部分也能有薪水可領……

第7章

參加婚宴

準備出席婚宴

這個月
要參加後輩的婚禮
好久沒參加
婚宴了呀～
嘿咻
裝著想丟
卻又捨不得丟的
衣服的儲物盒
這件衣服
應該有10年
了吧
大概是
一天到晚
就要參加婚宴的
24～28歲時期
只是大多都
只穿過一、兩次，
衣服的狀況
都還很好
所以才捨不得丟呀
好，
就是這件了
盡量找
現有的衣
服穿。
穿上8年前買
的連身洋裝

這件再搭配一條披巾
加上6年前買的披巾
過時的裝扮完成囉……
…
嗯—
年過35歲加上過時的服裝打扮
感覺更老氣了？
年輕人穿倒還可以……
以前的經典
黑色連身洋裝
搭配披巾或短外套
我記得雜誌上好像也說過披巾已經過時了
可是不搭披巾見不了人哪……
拉鍊有點拉不起來
這雙手臂……
有太多地方要藏起來了
短外套好緊喔—
難道非買一套新的不可了……
說不定可以碰到不錯的對象唷
抱著這種期待買下的衣服史，從這個地層可以看得一清二楚……
連身洋裝
披肩
短外套
披巾
連身洋裝
連身洋裝

準備出席婚宴②
這次的婚宴……
好像要跟長官他們
坐在同一桌耶
總公司的人
經理
店長
可是……
20歲女性
新娘友人席
比起坐在那一桌，
跟長官們同一桌
反而輕鬆多了……
這樣的話
穿黑色連身洋裝
似乎滿剛好的……
利用這個保護色讓自己
隱身在這群穿黑西裝的
歐吉桑當中
還是
穿外套呢
這……這件
太緊了……
不行
憋
而且
20歲 初 新娘友人席
30歲 初 親友席（老妹的婚宴）
35歲 上司長官席
每種席位
都坐過

這次離這個
席位還滿近的
只差一步？
只剩下……
呵
……等等
開玩笑的啦
…
距離又
變得遙遠了
新郎
新娘
新郎桌
新娘桌
已婚
歐吉桑桌
我
有機會遇到
好緣分的
都集中在
這幾桌處
新郎新娘
友人桌
雙方
親戚桌

準備參加婚宴③

結果還是買了
這料子看起來滿貴的
又有光澤
柔柔滑滑
一時衝動就買了
這種時候想表現出35歲人應有的時尚感就要靠
好布料
身為前輩出席當然要精心打扮才行囉
來借皮包
而且還是跟長官坐在同一桌呢……
說得也是—
雖然只能穿一次……
無所謂啦
還有——
眼看後輩結婚的日子一天天逼近……
不是婚前憂鬱症
而是出席婚宴憂鬱症
啊……
想到要赴宴就莫名地憂鬱了起來，
我是真心要祝福新人啦，
只是心情卻……

於是乾脆買下這件連身洋裝
轉換一下情緒—
配哪個包包好呢~?
妳是想說既然買了新洋裝就非出席不可了是吧？
呵呵呵
是啊——
好美唷—
總之，出席婚宴還是讓我非常感動
之後還……
萬一穿不下這件洋裝可就麻煩了
千萬不能再變胖
以另一種涵義繼續活躍中的洋裝
買了昂貴的奢侈品後接下來要省點才行

啊，
全都是人家送的東西
「飯碗」
高中友人
「碗公」
公司同事
「茶杯」
高中友人

第 8 章

惠美子拜月老祈求好姻緣

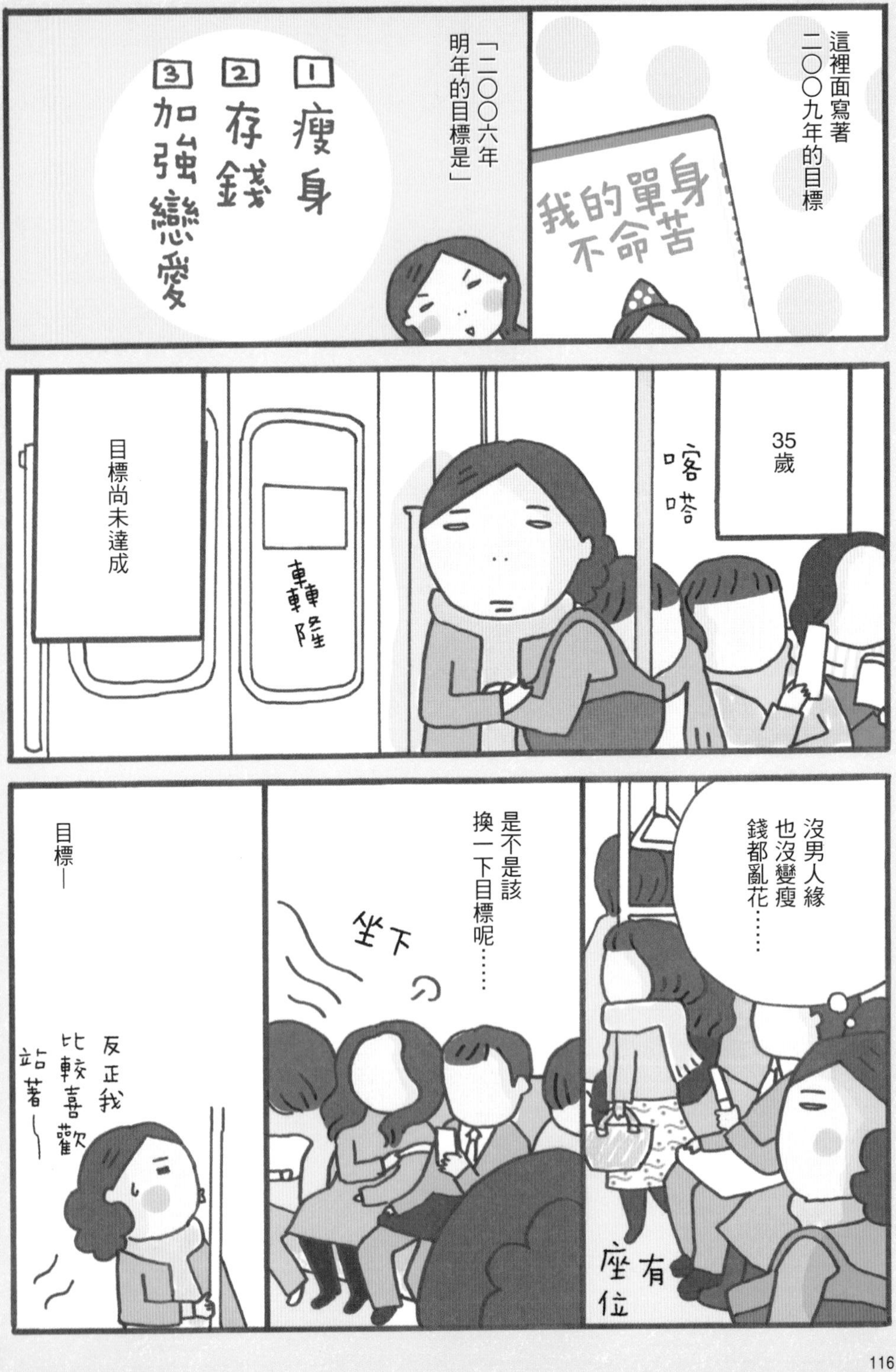

這裡面寫著
二〇〇九年的目標
我的單身
不命苦
「二〇〇六年
明年的目標是」
1 瘦身
2 存錢
3 加強戀愛
35歲
喀嗒
目標尚未達成
轟隆
沒男人緣
也沒變瘦
錢都亂花……
有座位
是不是該
換一下目標呢……
坐下
目標—
反正我
比較喜歡
站著～

一回神
35歲也即將結束……
挫敗感
這樣的我
現在正朝著
東京大神宮前進——
這是眾所周知
有名的月老廟——
這裡便是
傳說中的……
好有
氣氛唷
六日時
人更多呢—
（責任編輯
今尾小姐）
就在這裡
立下新的目標吧
認真

以前我也去
拜過月老廟
但大多是旅行時
順便去拜
或是陪友人
一起去的
這一次我可是
先了解過參拜方法
才來的唷
真心
一開始先
以右手
握住水
杓——
放進115日圓香油錢♥
同音
好兆頭
二拜
敬禮
敬禮
二拍手
啪
啪
向神明自我介紹
您好，
我是森下
35歲
單身，住址是～
拜託神明保佑
明年能夠
順利結婚
（期限也要決定好）

（譯註：115日圓的日文發音與好緣分相同）

或者請保佑我找到好對象，明年能夠順利結婚……
不過……這個願望……似乎太過於痴心妄想，也許不會實現……
參拜時一定要表現出自己也會努力的態度
那個……我自己當然也會努力啦
所以啦……
再不行的話，至少也請庇佑我有機會認識男性……
換個比較容易實現的願望……
結婚的話就隨便了啦……
或是出現我喜歡的人也可以……
怎麼願望越來越弱啊……
這樣我就知足了
結果許了一個超沒自信的願望
只要讓我遇到好人就夠了……
……
這樣神明多少也會肯幫我一把吧……
只要能幸福就……

可以了吧
呼—
真誠
驚
新婚中↓
怎麼可以輸呢—
神哪～我、我、我也是真心誠意的唷!!
認真
奸詐的女人
護身符
立刻綁上去
認真
放在袋中袋內
許願板
要好好寫
認真
求籤
認真
每件事都做到位的女人
有點不開心
小吉嗎……
內容也不怎麼樣
好，試試另外這個
認真
小吉
…

雖然這裡有各式各樣的籤，但全部都抽的話神明也會傻眼吧，我看還是罷了
真想抽到大吉之後再停……
也許我的籤運就只能到小吉吧
小吉之女
還有其他我可以做的事嗎？
今尾小姐呢？
東張
西望
有沒有什麼能招來好運的小竅門之類的呢
找到了，正在拍照
喀嚓喀嚓
喀嚓喀嚓
心形的真可愛
請問您拍這張照片有什麼特殊的用意嗎？
沒有啦只是純粹想拍而已
看來大家的想法都一樣呢
一定是以為那是小竅門之類的……
心裡突然覺得好溫暖喔

從除夕到大年初一

這個按摩枕真棒——
對呀～

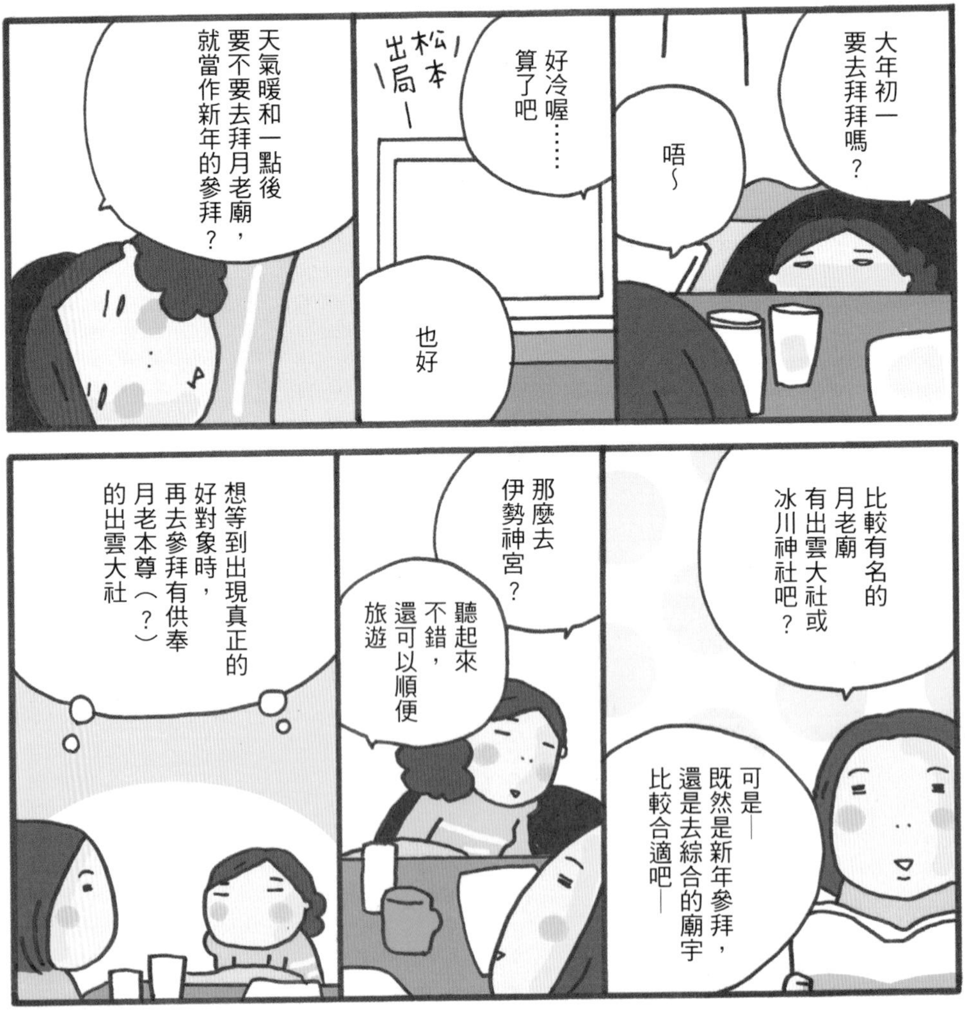
大年初一要去拜拜嗎？
唔～
好冷喔……算了吧
松本出局
也好
天氣暖和一點後要不要去拜月老廟，就當作新年的參拜？
比較有名的月老廟有出雲大社或冰川神社吧？
可是——既然是新年參拜，還是去綜合的廟宇比較合適吧——
那麼去伊勢神宮？
聽起來不錯，還可以順便旅遊
想等到出現真正的好對象時，再去參拜有供奉月老本尊（？）的出雲大社

深夜
早晨
中午
這是由香吧？好懷念唷
都沒變耶？
什麼—已經生了4個？
那就是生產過程囉
唉呀～滿擠的吧～
這張用的是波妞波妞
抱孫子的照片想必過得很辛苦吧……
妳怎麼會知道
呼
什錦煮好了—
這道什錦也很美味
持田小姐做的筑前煮真好吃
下次絕不會再失敗了……
呼
說不定我也是個當好太太的料呢

後記
圖文書與我
0.7
1.0
4B
按壓型自動筆
從這本書開始，
挑戰以電腦著色
好久不用的大腦火力全開
JPEG和PNG是哪裡不一樣啊
中高年人的
輕鬆電腦教室
每完成一篇就覺得自己的技巧有進步
LV1
惠美子學會了圖層
原來如此
LV2
學會了資料進稿
哦，真方便
LV3
知道怎麼使用刷具工具組了
不過還是滿常失敗的
不知為何解析度會設150
正確應該是350
全部重做

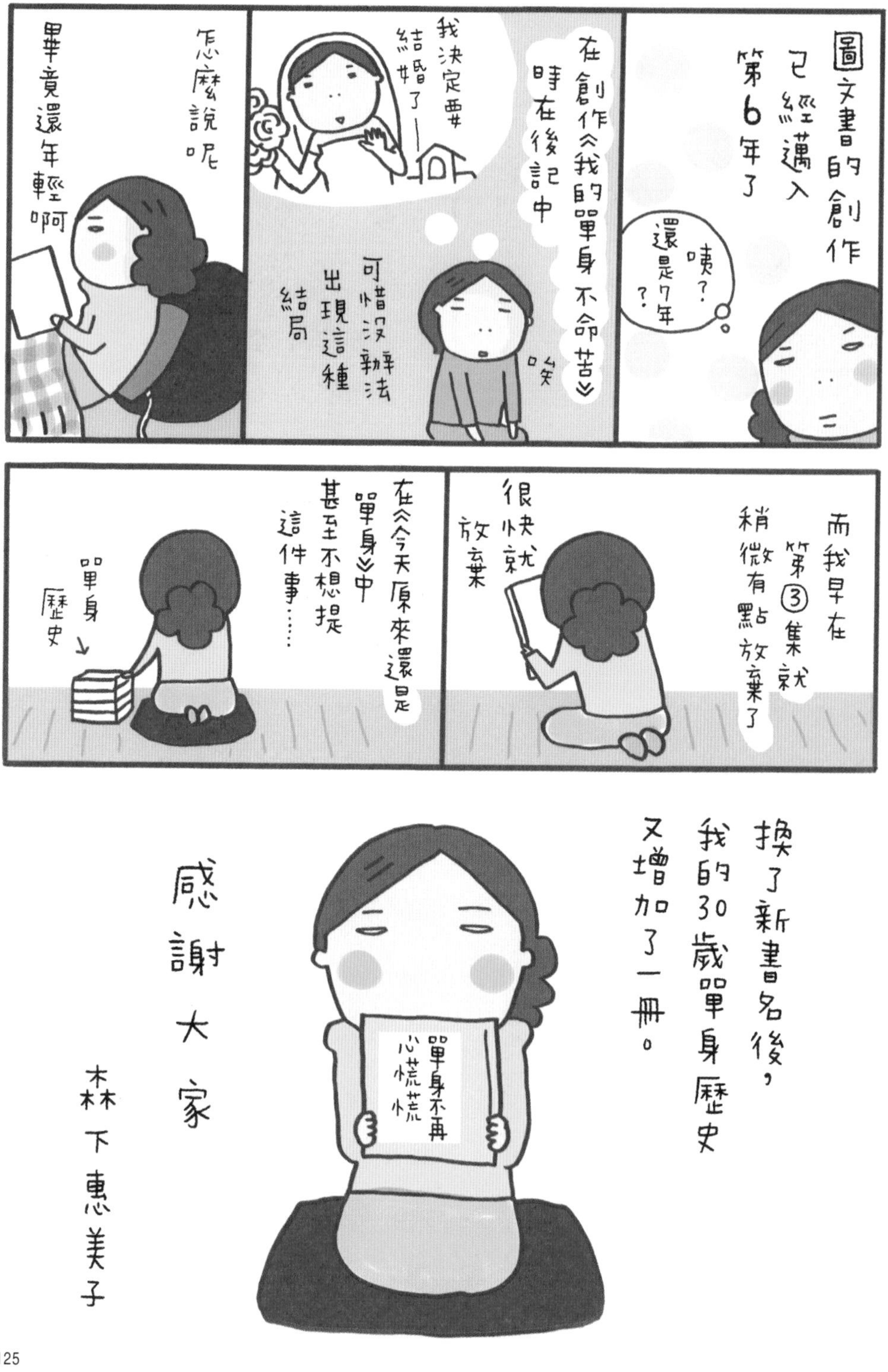

圖文書的創作已經邁入第6年了
咦？還是7年？
在創作《我的單身不命苦》時在後記中
我決定要結婚了——
可惜沒辦法出現這種結局
唉
怎麼說呢
畢竟還年輕啊
而我早在第③集就稍微有點放棄了
很快就放棄
在《今天原來還是單身》中甚至不想提這件事……
單身歷史
換了新書名後，我的30歲單身歷史又增加了一冊。
單身不再心慌慌
感謝大家
森下惠美子

雜亂的

履歷表

2011年4月3日

拼音	MORI SHITA EMIKO
名字	森下惠美子 （森下印）
住所	1DK的大樓（房租5萬5千日圓）

年齡	職業經歷	出版物
20歲	投入百貨業　第1年	《女人啊，就是這麼回事》2008.09
	稍微習慣公司生活　第2年	《女人啊，就是這麼回事2》2009.03
	談了辦公室戀愛　第3年	《女人啊，就是這麼回事3》2009.11
	幾年後因緣際會離職	
	之後不斷地換公司	
30歲	榮獲comic essay大賽C獎	
31歲	第一本單行本出版	《我的單身不命苦》2006.04
	腰痛出現，妹妹結婚	《我的單身不命苦②》2007.02
	創作也堂堂邁入第3集	《我的單身不命苦③》2007.08
	獲得不少單身一族的知識	「單身貴族的黃頁」負責圖文書的插畫
34歲	我的單身不命苦邁入第2季	《今天原來還是單身》2010.07
35歲		《單身不再心慌慌》2011.04
↓		現在
		以上

為了紀念30歲單身於是投稿

主題是「我的敗犬人生」

這裡是以回溯的方式描繪以往的故事

謝詞

這一次，
非常感謝您購買了
《單身不再心慌慌》。
包括這本書，「我的單身不命苦」系列已經
出版第5本了，編輯為了讓惠美子也能展現出奮勇向前的模樣，
於是特地在書名中幫我添了新標題。

雖然實際上我還是不斷在慌張與不慌張的情緒中反覆，
但我每天還是很愉快地繼續精進自己，
相信隨著年紀的增長，
自然而然能夠進入這個境界，過著安穩的生活。

最後，
我要謝謝石田美編為這本書做了這麼漂亮的編排。
還有承蒙大力照顧的今尾編輯☆
從我開始創作《我的單身不命苦》時
就不斷地鼓勵我，
把「惠美子」捧在手心愛護著，
真的非常非常非常感謝！

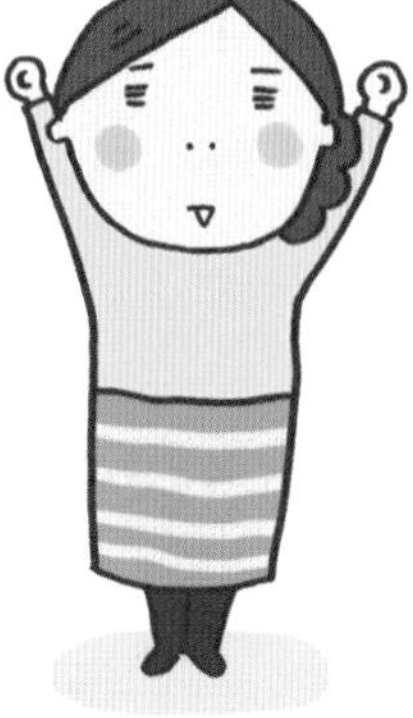

另外還有業務部的同仁及書店店員們，
我由衷感激大家為這本書付出的心力。
當然還有閱讀這本書的讀者！
真的很謝謝你們！！

2011年4月　森下惠美子

TITAN 116

單身不再心慌慌

作　　者：森下惠美子
譯　　者：陳怡君
出 版 者：大田出版有限公司
台北市 104 中山北路二段 26 巷 2 號 2 樓
E-mail：titan3@ms22.hinet.net　http://www.titan3.com.tw
編輯部專線 (02)25621383　傳真 (02)25818761
（如果您對本書或本出版公司有任何意見，歡迎來電）
行政院新聞局版台業字第 397 號
法律顧問：陳思成 律師

總 編 輯：莊培園
副總編輯：蔡鳳儀
執行編輯：陳顗如
行銷企劃：張家綺
視覺規劃：theBAND・變設計 — ADA
手 寫 字：何宜臻
校　　對：鄭秋燕 / 陳怡君 / 黃薇霓
印　　刷：上好印刷股份有限公司
（04）23150280
裝　　訂：東宏製本有限公司
（04）24522977
初　　版：2015 年（民 104）十月十日
二　　刷：2015 年（民 104）十二月七日
定　　價：新台幣 270 元

國際書碼：ISBN 978-986-179-416-7
C　I　P：861.67/104016140

BB

BB
BB

吃甜食可以增加財運
風水